El burro que fue muy rápido

basado en un cuento folclorico filipino

El burro que fue muy rápido
basado en un cuento folclórico filipino

School Specialty Publishing
Publishing

Biblioteca del Congreso. Catalogación de la información
sobre la publicación en poder del editor.

Para cualquier información dirigirse a:
School Specialty Publishing
8720 Orion Place
Columbus, OH 43240-2111

ISBN 0-7696-4231-4

3 4 5 6 7 8 9 10 EVN 10 09 08 07

El burro que fue muy rápido

basado en un cuento folclorico filipino

de David Orme

ilustraciones de Ruth Rivers

GINGHAM DOG
PRESS

Columbus, Ohio

Había una vez un hombre que tenía algunos cocos.

Quería llevarlos al pueblo para venderlos.

Para eso, cargó los cocos sobre su burro.

El camino hasta el pueblo era largo.

Durante el viaje, se encontró con un niño pequeño.

—¿Cuánto tardaré en llegar al pueblo?— preguntó el hombre.

—Si va rápido, le llevará mucho tiempo —dijo el niño—.

10

—Si va despacio, llegará rápidamente.

El hombre pensó que el niño
era muy tonto.
Sus palabras no tenían sentido.

—Mi burro es rápido —dijo el hombre—.
Llegaré antes que tú.

Entonces, el hombre y su burro corrieron hacia el pueblo.

El burro fue tan rápido que los cocos se cayeron.

En poco tiempo, las canastas del burro estuvieron vacías.

El hombre se detuvo a descansar.

—Oh, no —gritó—.

¿Dónde están todos mis cocos?

23

El hombre recogió todos los cocos.
Le llevó mucho tiempo.

Cuando finalmente llegó al pueblo, era de noche.

El niño ya estaba allí.

—¿Lo ve? —dijo el niño—.
Le dije que a veces es mejor ir despacio.

El hombre se dio cuenta de que el tonto
fue él.

Palabras que conozco

cocos	tonto
vacías	se dio cuenta
finalmente	corrieron

¡Piénsalo!

1. Al final del cuento, el hombre aprendió una lección importante del niño. ¿Qué crees que aprendió?
2. ¿Qué crees que hubiera pasado si el hombre y su burro hubieran ido despacio?
3. ¿Por qué el hombre pensó que el niño era un tonto?
4. ¿Dónde te parece que ocurre este cuento? ¿Por qué te parece así?
5. ¿Crees que el hombre escuchará a los demás en el futuro?

El cuento y tú

1. ¿Crees que hubieras escuchado al niño y hubieras ido despacio? ¿O hubieras ido rápido?
2. ¿Le diste alguna vez un consejo a un adulto y no te escuchó? ¿Cómo te hizo sentir eso?